U0001651

公主出任務7

THE Princess IN BLACK 洗澡大作戰

文／珊寧‧海爾 & 迪恩‧海爾
Shannon Hale & Dean Hale

圖／范雷韻 LeUyen Pham

譯／黃聿君

獻給艾蒂和她的母親黛比，
感謝她把大家凝聚在一起。

珊寧・海爾、迪恩・海爾
與范雷韻

人物介紹

木蘭花公主

黑衣公主

花女俠

搞定姐

側手翻女王

山羊復仇者

毯子公主

臭臭怪

第 一 章
恐怖的臭氣

　　木蘭花公主在城堡的廚房裡，努力搭橋。她先把四個杯子倒過來放，當成橋墩支撐，接著小心翼翼的擺上湯匙和叉子。木蘭花公主屏住呼吸。可惜橋還是垮了下來。

湯匙和叉子數量太多，光憑四個杯子支撐不住。她得從頭再搭一次。

　　「唉，這下可糟了。」

　　就在這個時候，一陣刺鼻怪味從窗外飄進來。木蘭花公主吐了吐舌頭。

「不會吧，這味道臭死人了。」木蘭花公主說

　　她檢查一下閃光石戒指。沒發出警報聲，沒有怪獸警報，只是一股刺鼻的臭味而已。可是，木蘭花公主覺得，這股臭味背後大有問題。

沒過多久，黑衣公主騎著黑旋風，奔馳出城堡。

「黑旋風，你也聞到了嗎？」黑衣公主問。

黑旋風打了個噴嚏。看樣子，牠應該是聞到了，而且這輩子再也不想聞第二次。

黑衣公主和黑旋風循著臭味，一路來到山羊草原。草原上的山羊，被臭氣熏到快吐出來了，也被熏得快窒息了。還有一隻松鼠倒在地上，臉色發青。

「你來啦？真是太好了。」山羊復仇者說：「我們碰上大麻煩了。」

「光用聞的，就知道麻煩大了。」黑衣公主說。

山羊復仇者朝那團臭氣踹了一腳。「黑衣公主，我們沒辦法用武力解決。」

黑衣公主朝那團臭氣揮了一拳。「山羊復仇者，我們的忍者招數不管用。」

「哈啊！」山羊復仇者大
吼。他抬起腿，使勁朝臭氣踹
過去。腳穿過了臭氣，他一屁
股跌坐在地上。

黑旋風嘶嘶叫，甩甩尾巴。

「黑旋風，好棒的主意！」黑衣公主說。

她展開飄飄扇，對著那團臭氣猛搧。

「有效耶！」山羊復仇者說。

臭氣往南邊飄去，山羊草原的空氣終於恢復清新。山羊紛紛歡呼。黑衣公主和山羊復仇者成功拯救山羊草原！

第 二 章
花女俠登場

　　金魚草公主在花園裡修剪花木。她愛陽光燦爛的地方。她喜歡欣賞花朵綻放。她陶醉在花香裡。

突然間ㄐㄧㄢ，一一陣ㄓㄣ臭ㄔㄡ味ㄨㄟ飄ㄆㄧㄠ進ㄐㄧㄣ花ㄏㄨㄚ園ㄩㄢ。玫ㄇㄟ瑰ㄍㄨㄟ花ㄏㄨㄚ垂ㄔㄨㄟ頭ㄊㄡ喪ㄙㄤ氣ㄑㄧ，百ㄅㄞ合ㄏㄜ花ㄏㄨㄚ花ㄏㄨㄚ辦ㄅㄢ捲ㄐㄩㄢ縮ㄙㄨㄛ，藍ㄌㄢ鈴ㄌㄧㄥ花ㄏㄨㄚ變ㄅㄧㄢ成ㄔㄥ了ㄌㄜ綠ㄌㄩ色ㄙㄜ。

金ㄐㄧㄣ魚ㄩ草ㄘㄠ公ㄍㄨㄥ主ㄓㄨ的ㄉㄜ寵ㄔㄨㄥ物ㄨ吟ㄧㄣ月ㄩㄝ龍ㄌㄨㄥ，蜷ㄑㄩㄢ起ㄑㄧ身ㄕㄣ體ㄊㄧ，摀ㄨ住ㄓㄨ鼻ㄅㄧ子ㄗ，躲ㄉㄨㄛ在ㄗㄞ金ㄐㄧㄣ鳳ㄈㄥ花ㄏㄨㄚ後ㄏㄡ面ㄇㄧㄢ。

「噢ㄡ，吟ㄧㄣ月ㄩㄝ龍ㄌㄨㄥ。」金ㄐㄧㄣ魚ㄩ草ㄘㄠ公ㄍㄨㄥ主ㄓㄨ說ㄕㄨㄛ：「這ㄓㄜ臭ㄔㄡ味ㄨㄟ好ㄏㄠ恐ㄎㄨㄥ怖ㄅㄨ，要ㄧㄠ是ㄕ有ㄧㄡ辦ㄅㄢ法ㄈㄚ去ㄑㄨ除ㄔㄨ就ㄐㄧㄡ好ㄏㄠ了ㄌㄜ。」

吟ㄧㄣ月ㄩㄝ龍ㄌㄨㄥ一ㄧ躍ㄩㄝ而ㄦ起ㄑㄧ，伸ㄕㄣ出ㄔㄨ翅ㄔ膀ㄅㄤ指ㄓ了ㄌㄜ花ㄏㄨㄚ園ㄩㄢ角ㄐㄧㄠ落ㄌㄨㄛ的ㄉㄜ小ㄒㄧㄠ棚ㄆㄥ屋ㄨ。她ㄊㄚ們ㄇㄣ的ㄉㄜ變ㄅㄧㄢ裝ㄓㄨㄤ道ㄉㄠ具ㄐㄩ都ㄉㄡ藏ㄘㄤ在ㄗㄞ裡ㄌㄧ面ㄇㄧㄢ。

「沒ㄇㄟ錯ㄘㄨㄛ，吟ㄧㄣ月ㄩㄝ龍ㄌㄨㄥ。」金ㄐㄧㄣ魚ㄩ草ㄘㄠ公ㄍㄨㄥ主ㄓㄨ說ㄕㄨㄛ：「裝ㄓㄨㄤ備ㄅㄟ我ㄨㄛ們ㄇㄣ老ㄌㄠ早ㄗㄠ就ㄐㄧㄡ準ㄓㄨㄣ備ㄅㄟ好ㄏㄠ了ㄌㄜ！今ㄐㄧㄣ天ㄊㄧㄢ終ㄓㄨㄥ於ㄩ可ㄎㄜ以ㄧ登ㄉㄥ場ㄔㄤ了ㄌㄜ！」

金魚草公主和吟月龍飛奔到小棚屋。他們走出來的時候，不再是金魚草公主和吟月龍。

接著他們和吟月龍循著臭味，飛離金魚草王國，一路飛到山羊草原。

「哇！」山羊復仇者說：「又來了一位蒙面英雄！」

「在下花女俠！」花女俠說。她抓起一把玫瑰花瓣，灑了出去。這招可帥呆了。「這位是我的忠實夥伴，飛天馬。」

「很ㄏㄣˇ開ㄎㄞ心ㄒㄧㄣ……又ㄧㄡˋ多ㄉㄨㄛ認ㄖㄣˋ識ㄕˋ……一ㄧ位ㄨㄟˋ英ㄧㄥ雄ㄒㄩㄥˊ！」黑ㄏㄟ衣ㄧ公ㄍㄨㄥ主ㄓㄨˇ猛ㄇㄥˇ搧ㄕㄢ飄ㄆㄧㄠ飄ㄆㄧㄠ扇ㄕㄢˋ，累ㄌㄟˋ到ㄉㄠˋ喘ㄔㄨㄢˇ不ㄅㄨˋ過ㄍㄨㄛˋ氣ㄑㄧˋ來ㄌㄞˊ。

「呃ㄜˋ，黑ㄟ衣一公ㄨㄥ主ㄓㄨ？」花ㄏㄨ女ㄋㄩˇ俠ㄒㄧ
說ㄕㄨㄛ：「你ㄋㄧ把ㄅㄚˇ那ㄋㄚˋ一一團ㄊㄨㄢˊ恐ㄎㄨㄥˇ怖ㄅㄨˋ臭ㄔㄡˋ氣ㄑㄧˋ往ㄨㄤˇ
南ㄋㄢˊ搧ㄕㄢ，金ㄐㄧㄣ魚ㄩˊ草ㄘㄠˇ王ㄨㄤˊ國ㄍㄨㄛ就ㄐㄧㄡ在ㄗㄞˋ那ㄋㄚˋ
邊ㄅㄧㄢ。」

「不ㄅㄨˋ會ㄏㄨㄟˋ吧ㄅㄚ！這ㄓㄜˋ下ㄒㄧㄚˋ可ㄎㄜˇ糟ㄗㄠ了ㄌㄜ。」
黑ㄟ衣一公ㄨㄥ主ㄓㄨ說ㄕㄨㄛ。

「的確很糟。」山羊復仇者一面說，一面皺了皺鼻子。

「或許我們能驅散臭味……用花香！」

飛天馬降落在草地上，花女俠把一束束玫瑰花分給大家。三位英雄和大小動物，各自拿著玫瑰花束朝臭氣揮打。臭氣一溜煙往西邊鑽去。

金魚草公主王國的問題解決了。感謝三位英雄和他們忠實夥伴的努力！

第 三 章
側手翻女王登場

　　金銀花公主在宮殿的庭院跳舞。金銀花公主愛凌空越步。她喜歡蹲低貼地。跳舞好開心，她陶醉在跳舞的樂趣裡。

　　突然間，她聽到嚎叫聲。

　　「毛毛，出了什麼事？」金銀花公主問她的寵物狼。

　　毛毛嗚嗚哀號。

20

　　庭_{ㄊㄧㄥ}院_{ㄩㄢ}裡_{ㄌㄧ}，樹_{ㄕㄨ}上_{ㄕㄤ}的_{ㄉㄜ}鳥_{ㄋㄧㄠ}兒_ㄦ被_{ㄅㄟ}臭_{ㄔㄡ}氣_{ㄑㄧ}熏_{ㄒㄩㄣ}到_{ㄉㄠ}快_{ㄎㄨㄞ}窒_ㄓ息_{ㄒㄧ}了_{ㄌㄜ}。鳥_{ㄋㄧㄠ}兒_ㄦ被_{ㄅㄟ}臭_{ㄔㄡ}氣_{ㄑㄧ}熏_{ㄒㄩㄣ}到_{ㄉㄠ}快_{ㄎㄨㄞ}吐_{ㄊㄨ}出_{ㄔㄨ}來_{ㄌㄞ}了_{ㄌㄜ}。一_ㄧ隻_ㄓ藍_{ㄌㄢ}色_{ㄙㄜ}知_ㄓ更_{ㄍㄥ}鳥_{ㄋㄧㄠ}臉_{ㄌㄧㄢ}色_{ㄙㄜ}發_{ㄈㄚ}青_{ㄑㄧㄥ}。

「好恐怖的臭味！」金銀花公主說：「毛毛，我覺得時機到了喔。」

毛毛咧嘴微笑。

金銀花公主和毛毛溜進涼亭。變裝完成後，他們直奔山羊草原。

「在下側手翻女王！」側手翻女王來了一個側手翻。她翻得漂亮極了。「牠不是狼。牠是我的狗狗，名字叫小乖。」

小乖吠了一聲，叫聲很宏亮。

「很開心又多認識一位英雄！」黑衣公主說。

「我們從西邊的金銀花王國，循著恐怖臭味，一路跟到這裡。」側手翻女王說：「你們知道臭味是從哪裡來的嗎？」

三位英雄露出尷尬的笑容，羊群也是。

　　「是我們讓臭氣飄到西邊的。」花女俠說。

　　「嗯，該怎麼除臭呢？」側手翻女王又來了一個側手翻。側手翻有助思考。

「看你表演側手翻，讓我想到好主意了！」山羊復仇者說。

側手翻女王幫忙山羊復仇者，把夏天給山羊用的涼風扇搬過來。他們把涼風扇放在通往怪獸國的洞口旁邊，調整角度，讓涼風扇朝上吹。

涼風扇的扇葉飛快旋轉，速度快到跟側手翻一樣快。涼風扇吹出來的風，把臭氣吹向天空。

現在，金銀花王國的問題終於解決了。感謝四位英勇英雄和他們勇敢夥伴的努力！

第 四 章
搞定姐登場

　　蝴蝶蘭公主剛架好了一組高空滑索，現在正在村裡的遊樂場試滑。蝴蝶蘭公主最愛「咻」一聲呼嘯而過。她喜歡高速刺激。她陶醉在耳邊呼呼的風聲裡。

　　不過，接下來她滑進一團臭氣裡。

「噁！」蝴蝶蘭公主說。她從滑索上摔下來。

遊樂場裡的小朋友，全都被臭氣熏到快吐出來了，也被熏到快窒息了。一個小男生臉色發青。這麼恐怖的臭味，大家都是第一次碰到。

「救ㄐㄧㄡˋ命ㄇㄧㄥˋ！噁ㄜˇ心ㄒㄧㄣ死ㄙˇ了ㄌㄜ！」有ㄧㄡˇ小ㄒㄧㄠˇ女ㄋㄩˇ生ㄕㄥ大ㄉㄚˋ喊ㄏㄢˇ。

「好ㄏㄠˇ臭ㄔㄡˋ……臭ㄔㄡˋ死ㄙˇ人ㄖㄣˊ了ㄌㄜ！」有ㄧㄡˇ小ㄒㄧㄠˇ男ㄋㄢˊ生ㄕㄥ大ㄉㄚˋ叫ㄐㄧㄠˋ。

「我ㄨㄛˇ來ㄌㄞˊ搞ㄍㄠˇ定ㄉㄧㄥˋ，總ㄗㄨㄥˇ會ㄏㄨㄟˋ有ㄧㄡˇ辦ㄅㄢˋ法ㄈㄚˇ的ㄉㄜ。」蝴ㄏㄨˊ蝶ㄉㄧㄝˊ蘭ㄌㄢˊ公ㄍㄨㄥ主ㄓㄨˇ說ㄕㄨㄛ。

蝴ㄏㄨˊ蝶ㄉㄧㄝˊ蘭ㄌㄢˊ公ㄍㄨㄥ主ㄓㄨˇ抓ㄓㄨㄚ住ㄓㄨˋ高ㄍㄠ空ㄎㄨㄥ滑ㄏㄨㄚˊ索ㄙㄨㄛˇ，滑ㄏㄨㄚˊ回ㄏㄨㄟˊ城ㄔㄥˊ堡ㄅㄠˇ裡ㄌㄧˇ。

　　「才ㄘㄞˊ不ㄅㄨˋ是ㄕˋ麋ㄇㄧˊ鹿ㄌㄨˋ！」蝴ㄏㄨˊ蝶ㄉㄧㄝˊ蘭ㄌㄢˊ公ㄍㄨㄥ主ㄓㄨˇ叫ㄐㄧㄠˋ喚ㄏㄨㄢˋ她ㄊㄚ的ㄉㄜ˙馴ㄒㄩㄣˊ鹿ㄌㄨˋ。牠ㄊㄚ可ㄎㄜˇ不ㄅㄨˋ是ㄕˋ麋ㄇㄧˊ鹿ㄌㄨˋ唷ㄧㄛ。

　　才ㄘㄞˊ不ㄅㄨˋ是ㄕˋ麋ㄇㄧˊ鹿ㄌㄨˋ跟ㄍㄣ著ㄓㄜˋ蝴ㄏㄨˊ蝶ㄉㄧㄝˊ蘭ㄌㄢˊ公ㄍㄨㄥ主ㄓㄨˇ走ㄗㄡˇ進ㄐㄧㄣˋ工ㄍㄨㄥ作ㄗㄨㄛˋ室ㄕˋ。蝴ㄏㄨˊ蝶ㄉㄧㄝˊ蘭ㄌㄢˊ公ㄍㄨㄥ主ㄓㄨˇ湊ㄘㄡˋ到ㄉㄠˋ牠ㄊㄚ毛ㄇㄠˊ茸ㄖㄨㄥˊ茸ㄖㄨㄥˊ的ㄉㄜ˙耳ㄦˇ邊ㄅㄧㄢ，悄ㄑㄧㄠˇ聲ㄕㄥ說ㄕㄨㄛ：「上ㄕㄤˋ場ㄔㄤˇ的ㄉㄜ˙時ㄕˊ刻ㄎㄜˋ到ㄉㄠˋ了ㄌㄜ˙喔ㄛ。」

　　才_{ㄘㄞ}不_{ㄅㄨ}是_ㄕ麋_{ㄇㄧ}鹿_{ㄌㄨ}點_{ㄉㄧㄢ}點_{ㄉㄧㄢ}頭_{ㄊㄡ}，把_{ㄅㄚ}兔_{ㄊㄨ}耳_ㄦ朵_{ㄉㄨㄛ}造_{ㄗㄠ}型_{ㄒㄧㄥ}的_{ㄉㄜ}襪_{ㄨㄚ}子_ㄗ套_{ㄊㄠ}在_{ㄗㄞ}角_{ㄐㄧㄠ}上_{ㄕㄤ}。

　　蝴_{ㄏㄨ}蝶_{ㄉㄧㄝ}蘭_{ㄌㄢ}公_{ㄍㄨㄥ}主_{ㄓㄨ}騎_{ㄑㄧ}上_{ㄕㄤ}才_{ㄘㄞ}不_{ㄅㄨ}是_ㄕ麋_{ㄇㄧ}鹿_{ㄌㄨ}，飛_{ㄈㄟ}上_{ㄕㄤ}天_{ㄊㄧㄢ}空_{ㄎㄨㄥ}，循_{ㄒㄩㄣ}著_{ㄓㄜ}臭_{ㄔㄡ}氣_{ㄑㄧ}，一_ㄧ路_{ㄌㄨ}飛_{ㄈㄟ}到_{ㄉㄠ}山_{ㄕㄢ}羊_{ㄧㄤ}草_{ㄘㄠ}原_{ㄩㄢ}才_{ㄘㄞ}降_{ㄐㄧㄤ}落_{ㄌㄨㄛ}。山_{ㄕㄢ}羊_{ㄧㄤ}草_{ㄘㄠ}原_{ㄩㄢ}上_{ㄕㄤ}有_{ㄧㄡ}一_ㄧ群_{ㄑㄩㄣ}英_{ㄧㄥ}雄_{ㄒㄩㄥ}，圍_{ㄨㄟ}著_{ㄓㄜ}洞_{ㄉㄨㄥ}口_{ㄎㄡ}和_{ㄏㄢ}涼_{ㄌㄧㄤ}風_{ㄈㄥ}扇_{ㄕㄢ}站_{ㄓㄢ}成_{ㄔㄥ}一_ㄧ圈_{ㄑㄩㄢ}。

「在下搞定姐！」搞定姐
說：「這位是我的忠實夥伴，
殺手兔。」

殺手兔點點頭，兔耳襪跟著上下晃動。

「你是從北邊來的吧？」側手翻女王問。

「那裡有恐怖的臭味？」山羊復仇者問。

「你是來消滅臭味的？」黑衣公主問。

「完全正確。」搞定姐回答。

「我們試著把臭氣吹上天。」花女俠說。

「臭氣一定又沉降下來了。」搞定姐說：「剛好降到我⋯⋯呃，降到蝴蝶蘭王國。」

山羊復仇者關掉涼風扇。山羊草原再次臭氣彌漫。山羊紛紛哀叫，其中一隻還倒在地上，四腳朝天。

「換成怪獸，我還知道怎麼對付。」黑衣公主說：「可是要怎麼打跑臭氣呢？」

第 五 章
臭氣的來源

　　地底的怪獸國裡，怪獸一面哀哀叫，一面發牢騷。大藍怪臉色發青。這一切都要怪某隻臭到無可救藥的怪獸。

怪獸通常都愛死了臭臭的味道。牠們喜歡待在洞穴裡黑漆漆、長滿霉菌的角落。

牠們開心享用爛掉的水果。不過牠們最愛的，還是山羊身上的氣味。

41

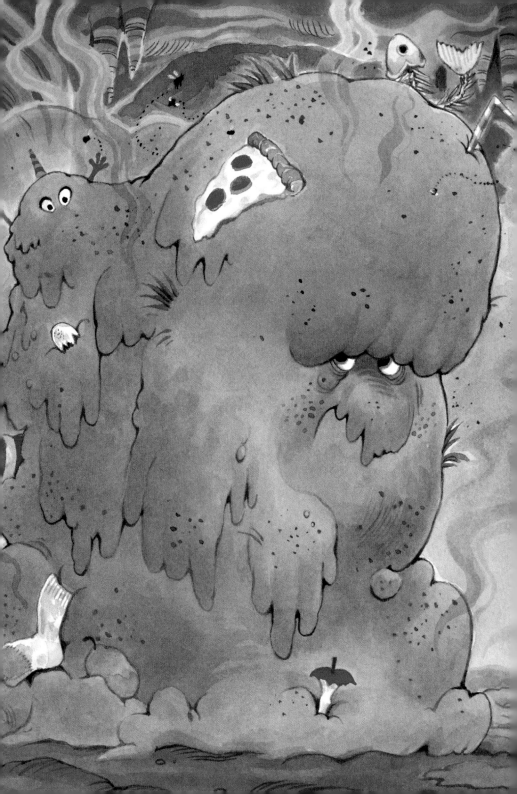

可是臭臭怪實在太臭太臭了。牠的腳趾縫卡了爛掉的水果，背上黏滿垃圾。那個沾在牠頭上的東西，究竟是什麼啊？另外還有一隻小怪獸，被臭臭怪髒兮兮的毛纏住了。牠卡在那一團毛球裡，已經有一個星期了。

兩隻大鼻怪實在難以忍受這種臭味。牠們抓住臭臭怪往上跳，一跳就跳出了怪獸國。

大鼻怪把臭臭怪往山羊草原一扔，接著就拼命往草地上擦手，根本沒空打山羊的主意。

牠們一心只想離臭臭怪愈遠愈好，迫不及待的跳回怪獸國。

第 六 章
大戰臭臭怪

　　五位英雄擺好架式，準備大戰怪獸。臭氣是從怪獸身上冒出來的！臭臭怪就坐在山羊草原上，臭氣熏天。

　　牠啃啃髒兮兮的爪子，接著朝英雄揮揮手。

「我們終於能跟臭臭怪大戰一場了！」黑衣公主說：「牠一講『吃山羊』，我們就進攻。」

「嗝。」臭臭怪打嗝了。

山羊復仇者說：「不准吃……」

「等一下。」黑衣公主說：「牠還沒講『吃山羊』，剛剛那個是打嗝聲。」

側ㄘㄜˋ手ㄕㄡˇ翻ㄈㄢ女ㄋㄩˇ王ㄨㄤˊ捏ㄋㄧㄝ住ㄓㄨˋ鼻ㄅㄧˊ子ㄗ˙說ㄕㄨㄛ：「這ㄓㄜˋ個ㄍㄜˋ嗝ㄍㄜˊ真ㄓㄣ臭ㄔㄡˋ。」

　　「臭ㄔㄡˋ臭ㄔㄡˋ嗝ㄍㄜˊ，滾ㄍㄨㄣˇ開ㄎㄞ！」花ㄏㄨㄚ女ㄋㄩˇ俠ㄒㄧㄚˊ大ㄉㄚˋ吼ㄏㄡˇ。她ㄊㄚ拿ㄋㄚˊ起ㄑㄧˇ花ㄏㄨㄚ束ㄕㄨˋ，朝ㄔㄠˊ怪ㄍㄨㄞˋ獸ㄕㄡˋ嗝ㄍㄜˊ出ㄔㄨ的ㄉㄜ˙臭ㄔㄡˋ氣ㄑㄧˋ猛ㄇㄥˇ搧ㄕㄢ。

「沒錯，我們先試試狂吼吶喊。」黑衣公主說：「怪獸，別亂來！」

臭臭怪用手背抹抹鼻子。

「滾開！滾回你的臭巢穴去！」山羊復仇者說。

臭臭怪抓抓胳肢窩。一隻山羊吐了起來。

「不准害山羊嘔吐！」搞定姐大吼。

臭臭怪躺下來，看著一朵朵浮雲飄過。

「呃……怪獸？」黑衣公主說。

臭臭怪掏掏耳朵，掏出一團黏呼呼的耳垢，順手擦到頭上。

「這該怎麼解決啊？」搞定姐問。

第 七 章
超棒的點子

　　毯子公主騎著獨角獸柯尼，慢慢爬上山羊草原。她跟某位公主英雄約好了要一起玩。約公主英雄一起玩，最棒的地點當然是山羊草原。那裡有陽光！有草坡！空氣新鮮！

有時候，還會有怪獸從洞裡冒出來，她們就可以大戰怪獸。

　　耶！今天草原上有怪獸。其他朋友也來了！毯子公主朝他們揮揮手。

「毯子公主來囉！」她大喊。可是話才說完，一陣臭氣迎面而來。

「唉唷！」毯子公主從柯尼身上摔了下來。

「新鮮空氣……怎麼不見了？」

毯子公主帽子上的毛巾掉了一地。搞定姐幫她撿起來。

搞定姐說：「嗯⋯⋯要是我們⋯⋯」

「幫怪獸洗澡！」公主英雄異口同聲說。

山羊復仇者沒加入她們，因為他跑到山羊棚拿山羊澡盆了。

第 八 章
我才不洗澡

臭臭怪比沒清過的貓砂盆還臭，比阻塞的馬桶還臭，比大熱天裡的髒尿布堆還臭。

臭臭怪真的好臭。牠臭到不像怪獸，根本是臭氣一一團。

英雄全副武裝，拿著毛巾、硬毛刷、水桶、羊奶香皂，還有一個山羊專用的大澡盆。可是臭味實在太噁心了。

「臭味……真是……太噁心了。」毯子公主說。

英雄們沒辦法接近臭臭怪。

「我們連走到牠身邊都沒辦法！」花女俠說。

黑衣公主指著澡盆。

「怪獸，你該洗澡了。」她說。

「不要。」臭臭怪說：「不要洗。」

「怪獸，別亂來！」側手翻女王說：「乖乖進澡盆裡！」

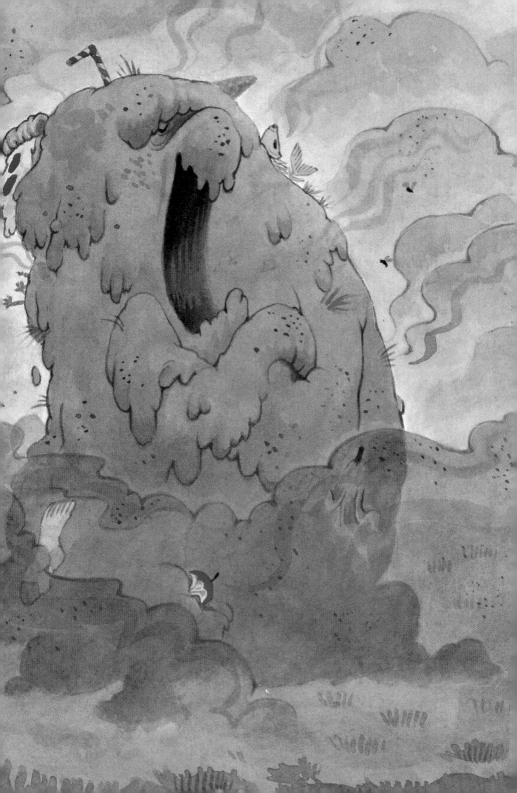

「不洗！」臭臭怪說。

「我的老天爺！」毯子公主
說：「我們該怎麼辦？」

第 九 章
洗澡大戰開打

　　山羊復仇者深呼吸一口氣，衝進臭氣裡。他說：「啊啊啊！」接著他又說：「唉呀……」他被臭氣熏昏了。

黑衣公主拋出繩索，套住山羊復仇者的腳踝，把他拉回安全的地方。

　　「各位英雄。」黑衣公主說：「一個人單槍匹馬，絕對洗不到怪獸。我們得團結合作，一起上場。」

「嗯，既然沒辦法靠近牠，那就從離牠遠一點的地方洗好了。」搞定姐說。

「離牠很遠的地方。」花女俠說。

他們在離臭臭怪很遠的地方，擬定作戰計畫。

「準備好了嗎？」搞定姐說。

花女俠跳上飛天馬。側手翻女王高舉雙手，準備好側手翻。黑衣公主和毯子公主舉起水管，瞄準怪獸。

「開始！」搞定姐說。

山羊復仇者扭開水龍頭。側手翻女王繞著臭臭怪，一面側手翻，一面噴肥皂泡泡。花女俠飛上天空，扔泡泡沐浴球轟炸臭臭怪。

臭臭怪大聲咆哮。牠現在亂糟糟、溼答答，滿身泡泡。臭味還在，但跟之前比淡多了，六位英雄可以更靠近牠一些。

「不洗！」臭臭怪大吼。

「要洗！」黑衣公主說。

「吃洗澡！」怪獸咆哮。牠喝掉洗澡水，吞下肥皂泡泡，咬了澡盆一口，最後嗝出一個泡泡沐浴球。

「不准吃！」黑衣公主說。

就這樣，英雄和臭臭怪展開洗澡大戰。

狂ㄎㄨㄤˊ速ㄙㄨˋ滑ㄏㄨㄚˊ溜ㄌㄧㄡ！

水ㄕㄨㄟˇ花ㄏㄨㄚ攻ㄍㄨㄥ勢ㄕˋ！

第 十 章
可愛大毛怪

英雄努力和臭臭怪奮戰，一直到牠全身乾乾淨淨才停下來。

臭臭怪變成一隻毛絨絨的怪獸，牠身上的毛柔軟又蓬鬆。大家從來沒看過這麼蓬鬆柔軟的大毛怪。

「哇，好可愛！」花女俠說。

大毛怪嗅嗅身上的毛，再聞聞胳肢窩。牠輕嘆一聲，鬆了一口氣。

小毛怪也鬆了一口氣。牠終於能離開糾結成一團的毛球，自由了。

「噢，牠們兩個可愛到不行！」花女俠說。

大小毛怪嗅嗅四周。臭氣消失，這下子牠們聞得到山羊的味道了。

79

「山羊！」小毛怪說。

「吃山羊！」大毛怪說。

英雄擺好架式，準備開戰。

「不准吃山羊！」英雄終於有機會說這句話了。

現場有好多英雄。大小毛怪你看看我，我看看你，最後聳聳肩。

「好吧。」小毛怪說。

「掰掰。」大毛怪說。

大毛怪和小毛怪一起跳進洞裡，回到怪獸國了。

「呼咻！」黑衣公主說：「光靠我一個人，絕對沒辦法把臭臭怪洗乾淨。」

「這種狀況很棘手，一個人單槍匹馬沒辦法解決。」山羊復仇者說。

　　「對啊，有人來幫忙真好。」毯子公主說：「要是以後又遇上大麻煩，需要幫手，我們該怎麼找到大家呢？」

「我想到了！」搞定姐說。她掏出一顆小小的粉紅色寶石給大家看。「我發現，用光照射寶石，寶石的光芒就能投射到天上，出現一閃一閃的粉紅色亮光。」

「我也有這種寶石！」黑衣公主說：「呃……是噴嚏草公主送我的啦。」

「我的是金銀花公主送的。」側手翻女王說。

「我的是蝴蝶蘭公主送我的！」搞定姐說。

「我的是金魚草公主送我的！」花女俠說。

「太棒了。」黑衣公主說：「究竟有多少公主和英雄是好朋友啊？」

「我的朋友都是公主和英雄。」山羊復仇者說：「山羊也是我的朋友，還有一隻超有趣的松鼠。」

「吱吱！」松鼠說。

「以後需要幫手的時候，我們就拿手電筒照寶石，天空就會出現閃光信號。」黑衣公主說。

「誰知道呢？說不定還有我們不認識的英雄。說不定他們也會看到閃光信號呢。」毯子公主說。

嗨，新夥伴！

關鍵詞
Keywords

單元設計｜李貞慧
（國立臺灣大學外國語文學系研究所碩士，現任國中英語教師）

❶ held 保持、守住 　動詞hold的過去式

Princess Magnolia held her breath.

木蘭花公主屏住呼吸。

※hold也有「舉行」的意思。
例句：
Mary held a book-exchange event.
瑪莉舉辦了一場書本交換活動。

❷ floated 漂浮、飄移 〔動詞float的過去式〕

Just then, an alarming smell floated through the window. Princess Magnolia stuck out her tongue.

就在這個時候，一陣刺鼻怪味從窗外飄進來。木蘭花公主吐了吐舌頭。

※float當名詞時，可指「釣魚用的浮標」。

❸ batted 揮擊、拍打 〔動詞bat的過去式〕

The heroes and animals batted their bouquets at the stink.

英雄和動物們拿著花束朝臭氣揮打。

※bat當名詞有「蝙蝠」、「棒子」的意思。

❹ zip-lined 快速滑動 動詞zip-line的過去式

She zip-lined right through a cloud of stink.

她滑進一團臭氣裡。

※zipline當名詞時，有「滑索」
之意。
例句：
Princess Orchid was trying out the new zip line.
蝴蝶蘭公主正在試滑新的高空滑索。

❺ fetched 拿來 動詞fetch的過去式

The Goat Avenger was running to the shed to fetch the goat's tub.

山羊復仇者跑
去山羊棚拿澡
盆。

❻ armed 武裝、裝備 〔動詞arm的過去分詞〕

The heroes were armed with washcloths and scrub brushes.

英雄全副武裝，拿著毛巾和硬毛刷。

※arm當名詞有「手臂」的意思，複數arms可指「武器」。

❼ hooked 鉤起、套住 〔動詞hook的過去式〕

The Princess in Black hooked the Goat Avenger's ankle with a rope. She pulled him back to safety.

黑衣公主拋出繩索，套住山羊復仇者的腳踝，把他拉回安全的地方。

※hook當名詞有「鉤子、鐮刀」的意思。

⑧ soaking-wet 濕透了的 `形容詞`

The monster was a huge, bubbly, soaking-wet mess.

怪獸變成一隻巨
大、冒著肥皂泡
沫、全身濕透的髒
亂怪物。

⑨ shine 發光、照亮 `動詞`

"Whenever we need help," said the Princess in Black, "we can shine a light into a stone. And the Spark Signal will show up in the sky."

黑衣公主說：「當我們需要幫忙時，我們便照亮寶石，天空就會出現閃光信號。」

閱讀想一想
Think Again

❶ 為什麼臭臭怪會那麼臭？你有做過哪些事，讓自己變臭嗎？要如何避免自己變得臭臭的？

❷ 臭臭怪如果出現在真實世界裡，會對我們造成什麼影響？我們應該如何解決？

❸ 你覺得一個英雄可以解決所有的問題嗎？為什麼？

❹ 英雄們成功把臭臭怪清洗乾淨，他們是怎麼辦到的？如果你想解決一個問題，但你的能力有限，無法完全解決這個問題，這時候你可以怎麼做？

國家圖書館出版品預行編目(CIP)資料

公主出任務. 7, 洗澡大作戰 / 珊寧.海爾(Shannon Hale), 迪
恩.海爾(Dean Hale)文；范雷韻(LeUyen Pham)圖；黃聿君譯.
-- 初版. -- 新北市：遠足文化事業股份有限公司字畝文化,
2022.05
　　面；　　公分
譯自：The princess in black and the bathtime battle.
ISBN 978-626-7069-47-9(平裝)

874.596　　　　　　　　　　　　　　11000774

公主出任務 7：洗澡大作戰
The Princess in Black and the Bathtime Battle

作者｜珊寧‧海爾 & 迪恩‧海爾 Shannon Hale, Dean Hale
繪者｜范雷韻 LeUyen Pham　譯者｜黃聿君

字畝文化創意有限公司
社長兼總編輯｜馮季眉　責任編輯｜陳心方
美術設計｜盧美瑾

出版｜字畝文化／遠足文化事業股份有限公司
發行｜遠足文化事業股份有限公司（讀書共和國出版集團）
地址｜231 新北市新店區民權路108-2號9樓
電話｜(02)2218-1417　傳真｜(02)8667-1065
客服信箱｜service@bookrep.com.tw　網路書店｜www.bookrep.com.tw
團體訂購請洽業務部(02)22118-1417分機1124

法律顧問｜華洋法律事務所　蘇文生律師
印　　製｜中原造像股份有限公司

2022 年5月　初版一刷　2024 年6月　初版七刷
定價｜300元　ISBN｜978-626-7069-47-9　書號｜XBSY0048
特別聲明：有關本書中的言論內容，不代表本公司／出版集團之立場與意見，文責由作者自行承擔。